글 이향안

나만의 빛깔을 담은 동화를 꿈꾸는 작가예요. 《별난반점 헬멧뚱과 x사건》으로 웅진주니어 문학상 장편 대상을 받았어요. 지금까지 《그 여름의 덤더디》, 《귀신 학교》, 앵무새 초록》, 《팥쥐 일기》 등의 동화책과 《마법 시장》, 《김장》 등의 그림책에 글을 썼어요.

그림 라임스튜디오

오렌지처럼 상큼달달한 꿈을 그리는 작가입니다. 《좀비고등학교 코믹스》, 《민쩌미의 쩜그레》, 《테일즈런너 직업체험》, 《난 꼭 살아남을 거야!》 등 수많은 어린이 책에 그림을 그렸습니다.

비밀요원 레너드

우리말 사무소 4

초등 필수 어휘

고유어 · 관용어 · 속담 · 맞춤법

글 이향안
그림 라임스튜디오

아울북

등장인물

레너드

시크릿 에이전시의 천재 요원.
표현력이 좋고 우리말 실력도 두루 뛰어나다.
심심할 땐 속담이나 관용어 책을 보며
다른 사람에게 써먹는 취미가 있다.

룰라송

레너드 요원과 찰떡 호흡을 자랑하는 요원.
어릴 때 서당에서 예절 교육을 받아서
고사성어와 높임말을 완벽하게 구사한다.

윌리엄

레너드 요원의 오랜 친구.
영국 귀족 출신으로 우리말 실력이 엉망이라
윌리엄이 뱉고 쓰는 말은 모두 엉뚱하다.

책방 할아버지

책방을 운영하지만 사실 책은 별로 읽지 않는다.
우리말을 바르게 쓰기보다 신조어를 좋아하는
힙합 마니아.

푸푸

책방 할아버지의 손주. 똘똘하고 총명하다.
태어날 때부터 책에 파묻혀 자라서
어린 꼬마지만 우리말 박사!

· 차례 ·

1장

· 고유어 ·

할머니 말은
너무 어려워!

나른한 일요일 오후, 레너드 요원은 홈 쇼핑 방송을 보고 있었어.

"날씨가 정말 좋군. 이런 날은 민트 초코 젤리가 최고지. 질겅질겅 젤리 씹으면서 홈 쇼핑 방송 보기 딱 좋은 날!"

문을 두드린 사람은 푸푸였어. 푸푸는 걱정 가득한 목소리로 말했지.

"레너드 님 우리 할아버지 좀 도와주세요."

때마침 윌리엄이 벽장에서 얼굴을 쑥 내밀었어.

"왜? 할아버지한테 무슨 일이 생겼어?"

푸푸야,
무슨 일이야?

레너드, 비켜 봐.
푸푸가 안 보이잖아.
나도 궁금하다고.

할아버지가
이상해요.

9

할아버지는 냉큼 시집 코너로 가서 이 책 저 책 꺼내 놓았어.

"이것도 좋고, 이 시집도 인기가 많고요….."

할머니가 할아버지를 보고 웃으며 말했어.

"아주 재빠르시네요. 저는 가재걸음이라 행동이 느려요. 호호! 천천히 보고 고를게요."

"무슨 말씀을요. 가재걸음이라니. 걸음도 꽃처럼 고우신데 어찌 못생긴 가재에 비교를 하세요."

마침 책방에 들어온 푸푸가 두 사람의 대화를 들었어.

할아버지, 가재걸음은 일이 더디다는 뜻의 고유어예요. 방금 할머니께서는 본인의 행동이 느리다는 뜻으로 쓰신 거죠.

똑똑한 손자를 두셨네. 호호!

시집

할머니는 할아버지가 추천해 준 시집 중 하나를 골랐어.
그리고 계산을 하기 위해 계산대 앞으로 갔지. 푸푸는 할
머니가 고른 시집을 정성껏 포장해 주었어.

할머니,
여기 보람줄도 있으니
책갈피에 꽂아 가며
보세요.

그래.
고맙구나.

보람줄

그날 이후 할머니는 이삼일에 한 번씩 책방에 들렀어. 할아버지는 할머니가 책방에 올 때마다 알은체를 했지. '미선'이라는 할머니 이름도 알게 되었어. 할아버지는 매일 책방 앞에서 미선 할머니를 기다렸어.

"미선 씨는 오늘도 오시려나?"

오늘 미선 씨가
온다, 안 온다, 온다!

할아버지가
이상해지셨어.

그러던 어느 날, 할아버지는 용기를 내기로 했어.

"안 되겠어. 마음을 표현하지 않으면 알 수가 없는 법!

편지로 미선 씨한테 내 마음을 전해야지."

미선 씨♥

안녕하세요. 저는 낭만 책방의 주인입니다.

제가 핫 플레이스를 아주 많이 알고 있는데,

미선 씨만 괜찮다면 함께 가고 싶습니다.

최근에 요 앞에 생긴 카페가 아주 좋다고 들었습니다.

커피 한 잔 어떠신가요?

답장 기다릴게요.

할아버지,
파이팅!

그런데 이게 무슨 일이람. 한 달이 넘도록 할머니한테서 답장이 없는 거야. 할머니는 책방에도 발길을 뚝 끊으셨어.

"할머니가 책방에도 안 오신다고? 할아버지는 어때?"

윌리엄이 묻자 푸푸는 심각한 표정으로 고개를 저었어.

"밥도 잘 안 드시고 통 기운이 없으세요. 저러다 큰 병이라도 나실까 봐 걱정돼요. 레너드 님, 제발 우리 할아버지를 도와주세요!"

레너드 요원은 고민이 되었지.

"음…. 탐정으로서 여러 일을 해결해 보았지만, 짝사랑 사건은 처음이야. 일단 할아버지께 가 봐야겠어."

레너드 요원과 윌리엄, 푸푸는 낭만 책방으로 갔어.

순간 할아버지가 벌떡 일어나며 소리쳤어.

"뭐야? 왜들 이래?

"할아버지! 사랑에 빠지셨다면서요! 짝사랑!"

윌리엄의 말에 할아버지는 푸푸를 흘겨보았지.

"내가 아무한테도 말하지 말랬잖아."

"죄송해요. 하지만 너무 걱정돼서…."

레너드 요원은 걱정스러운 표정으로 말했어.

"할아버지, 우리가 도와드릴게요. 일단 어디가 아프신지,

증상을 말씀해 보세요."

아휴! 가슴이
답답한 것이, 눈앞엔
미선 씨 얼굴만 어른어른~.
입맛도 없고,
잠도 안 오고~.

그게 바로
상사, 상사, 상사병이고!
미선 씨는 답장도 없고! 소식도 없고!
할아버지 속은 타고 또 타고!
예~!

룰라송,
지금 이리로
와 줘야겠어.

소식을 들은 룰라송 요원이 금세 달려왔어.

"할아버지, 괜찮으세요?"

그런데 룰라송 요원의 손에 편지가 들려 있는 거야!

"오면서 봤는데, 낭만 책방 우편함에 편지가 있던데요?

할아버지께 온 편지 같아요. 보낸 사람이 미선…?"

책방 할아버지,
답장 오래 기다리셨죠?

실은 사정이 있었어요. 편지를 받은 날 밤,
비보라가 무섭게 쳤지요.
다음 날 일어나 보니 집 앞 길섶 꽃나무들이
몽땅 쓰러지고 남새밭도 엉망이 돼 버렸더군요.
그걸 정리하고 다시 심느라 시간 가는 줄 몰랐답니다.
그사이 달포가 훌쩍 지났지 뭐예요.

미안합니다.

나이가 들면서 마음도, 걸음도 시나브로
움직이더라고요. 이제 고샅고샅 꽃이 피는
계절이 되었으니 나흘 뒤에 봬요.

- 미선 -

음… 편지를
훔쳐보는 건 아주
예의 없는 행동이야!

윌리엄은 미선 할머니의 편지를 보고 고개를 갸웃했어.

"대체 이게 무슨 소리야? 비보라가 뭐야? 보라색 중에 비보라색이란 것도 있나?"

할아버지도 당황한 표정이었어.

"뭔 소린지 도통 모르겠네."

"혹시 암호 아닐까요? 길섶, 남새밭, 달포, 시나브로, 고샅고샅…. 앞 글자만 따서 길남다실고나?"

사뭇 진지한 윌리엄의 말에 할아버지는 고개를 저었어.

"난 차 한 잔 하자고 했을 뿐인데…. 이렇게 구구절절 쓴 걸 보니 아무래도 거절인 것 같아. 흑흑!"

잠깐! 편지 내용을 해석하는 시간을 가지겠습니다! 레너드 탐정님과 푸푸는 이미 알고 있겠죠? 이건 우리나라의 고유어 즉 순우리말이랍니다!

룰라송 요원이 할아버지와 윌리엄에게 미선 할머니가
보낸 편지 속 고유어의 뜻을 알려 주기 위해 메모지에 뜻
을 적어 왔어. 알맞은 뜻이 적힌 메모지를 찾아 고유어 밑
에 그 번호를 적어 보자.

비보라 　 길섶 　 남새밭 　 달포

⑦

바람과 함께
휘몰아치는
비

시나브로 　 고샅고샅 　 나흘

①
한 달이
조금 넘는
기간

②
4일

③
좁은
골목길마다

④
길의
가장자리

⑤ 모르는
사이에
조금씩
조금씩

⑥
채소를 심어
가꾸는 밭

할아버지의 데이트 날이 되었어. 레너드 요원과 룰라송 요원, 윌리엄도 할아버지의 데이트를 응원하기 위해 책방에 모였어. 푸푸는 할아버지 옷을 매만져 주며 말했지.

"할아버지, 좋아한다고 너무 과하게 행동하면 할머니는 부담스러우실 수도 있어요. 아직 할머니 마음은 어떤지 모르잖아요. 애면글면하지 말고 차분하게 행동하세요."

"애면글면? 새로 나온 라면 이름인가? 그게 맛있대?"

할아버지의 엉뚱한 말에 룰라송 요원이 나섰어.

"애면글면은 원하는 것을 이루려고 갖은 애를 쓰는 모양을 가리키는 말이에요. 그러니까 너무 잘하려고 애쓰지 마시고 평소처럼 행동하시란 의미!"

물론!
애면글면 금지!

딱

왠지
더 불안해.

미선 할머니는 고유어를
많이 쓰시는 분 같아요.
할아버지가 고유어 뜻을 몰라
실수하실 수도 수 있으니 따라가서
도와드리는 게 좋겠어요.

맞아.

꼬덕

녹닥
녹닥

레너드 요원은 할아버지를 따라나섰어.

Cafe

할아버지는 약속 시간보다 일찍 도착해 미선 할머니를
기다렸어. 그런데 한참이 지나도 할머니가 나타나지 않는
거야. 할아버지가 실망하며 한숨을 푹 내쉬는 순간, 카페
안으로 다급하게 들어서는 미선 할머니가 보였어.

할머니를 발견한 할아버지 얼굴에 웃음이 번졌어. 레너드 요원도 안도했지. 할머니가 나오지 않을까 봐 할아버지만큼이나 걱정하고 있었거든. 할머니는 자리에 앉자마자 사과했어.

죄송해요. 제가 요즘 학교에 다니거든요. 늦깎이 대학생이에요.

어제도 공부하느라 밤을 꼬박 새웠답니다. 피곤해서 잠깐 낮잠을 잔다는 게 귀잠이 드는 바람에 그만.

귀잠? 이게 뭔 소리야? 귀가 접히게 잤다는 건가?

예상했던 대로 미션 할머니는 고유어를 썼어. 레너드 요
원이 옆자리에서 할아버지와 미션 할머니의 대화를 듣고,
할아버지에게 고유어 뜻을 알려 주는 문자를 보냈지.

레너드 요원의 문자를 확인한 할아버지는 고개를 끄덕였어. 그리고 자신 있게 말했지.

"괜찮아요. 저도 늘 귀잠을 자는걸요. 잠을 푹 자야 피부도 좋아지고, 머리도 맑아져요."

"참 재밌으세요. 그나저나 어젯밤엔 비가 지짐지짐 오더니 오늘은 맑아서 다행이에요."

한 시간 뒤

두 시간 뒤

레너드 님
지금 상황이
어때요?

드디어 데이트가 끝났어. 룰라송 요원과 윌리엄, 푸푸는
깜짝 놀랐어. 퀭한 눈에 어깨를 축 늘어트린 채 터벅터벅
걸어오는 레너드 요원과 할아버지 모습이 마치 좀비 같았
거든.

"레너드, 얘기 좀 해 줘. 무슨 일이 있었던 거야?"

윌리엄이 묻자 레너드 요원은 기다렸단 듯 대답했어.

"그게 말이야, 할머니가 오시더니 고유어를 막 쓰시는 거야. 문자를 쉴 틈 없이 해야 했다니까! 종알종알…."

룰라송 요원은 어리둥절했지.

"레너드 님이 저렇게 말을 많이 하시는 건 처음 봐요."

푸푸도 얼떨떨한 표정으로 말했어.

"그러게요. 레너드 님이 정말 힘드셨나 봐요. 할아버지도 이제 데이트 얘기는 안 하시겠죠?"

나 오늘부터 고유어 공부 할 거야! 미선 씨 말을 다 알아들을 수 있는 그날을 위해!

할아버지 글구멍이 트이는 날이 올까요?

고유어는 외국에서 들어온 외래어, 한자어와 달리 원래부터 쓰이던 우리말이야. 그래서 순우리말이라고도 하지.

보람줄

: 책에 페이지를 구별할 수 있도록 넣은 줄을 말해. 다른 물건과 구별하거나 잊지 않기 위해 표시해 두는 것을 '보람하다'라고 해.

예 책을 어디까지 읽었는지 보람줄로 표시하면 편해.

길섶

: 길의 가장자리를 이르는 말이야.

예 봄이 되자 길섶에 풀이 돋아나기 시작했다.

달포

: 한 달이 조금 넘는 기간을 말해.

예 윌리엄이 우리말 공부를 시작한 지 달포가 지났다.

시나브로

: 모르는 사이에 조금씩 조금씩이란 뜻이야.

예 눈이 시나브로 쌓이더니 어느새 발목까지 차올랐다.

고샅고샅

: 시골 마을의 좁은 골목길마다를 가리켜 '고샅고샅'이라고 해. 또는 좁은 골짜기 사이마다의 뜻으로 쓰이기도 하지.

예 해 질 녘이면 고샅고샅 밥 짓는 냄새가 가득했다.

애면글면

: 누군가의 수고를 위로할 때 '애썼다'라고 하잖아. 여기서 '애'는 초조한 마음이나 수고로움을 뜻해. 그래서 '애면글면'은 초조한 가운데 온 힘을 다해 애쓰는 모양을 말하지.

예 너무 애면글면하지 말고 평소 하던 대로만 해.

늦깎이

: 보통 늦은 나이에 어떤 일을 시작한 사람을 가리키는 말로 쓰여. 늦게 익은 과일이나 채소를 '늦깎이'라고 부르기도 하지.

예 책방 할아버지는 늦깎이로 영어 공부를 시작했다.

귀잠

: 아주 깊이 든 잠을 가리키는 순우리말이야.

예 레너드는 오늘 무척 피곤했는지 귀잠에 들었다.

지짐지짐

: 비가 조금씩 오다 말다 하는 모양을 표현한 말이야.

예 비가 지짐지짐 내려서 우산을 써야하나 고민돼.

글구멍

: 단어 그대로 글이 들어가는 머리 구멍을 뜻해. 글을 잘 이해하는 지혜를 이르는 말이지.

예 꾸준히 책을 읽은 끝에 드디어 글구멍이 트였다.

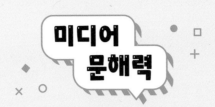

미디어 문해력

윌리엄은 중고 거래 앱 호박마켓에서 마음에 드는 셔츠를 발견했어.
곧장 판매자에게 대화를 걸었지.

윌리엄

안녕하세요? 셔츠 파시는 거 맞죠?

호박이네

네, 맞습니다. 사실 건가요?

윌리엄

그런데 가격이 조금 비싸서…. 만 원만 깎아 주실 수 있나요?

호박이네

좋습니다. 그럼 배송비는 착불로 하겠습니다.

윌리엄

?

알겠습니다. 얼른 보내 주세요. ♥

Q 윌리엄의 빈 말풍선에 들어갈 말로 알맞은 것은?

① 배송비를 저더러 내라는 말씀이시죠?
② 셔츠가 저한테 착붙일 거라고요?
③ 배송비까지 내 주셔서 고맙습니다!

2장

· 관용어 ·

윌리엄은
우리말 천재?!

룰라송 요원이 레너드 요원과 윌리엄에게 문자 메시지를 보냈어.

'얼른 낭만 책방으로 오세요. 오늘 할아버지 생신이잖아요. 지금 할아버지 입이 귀밑까지 찢어졌어요.

"맞다! 오늘이 할아버지 생신이었어. 얼른 낭만 책방으로 가야겠다."

레너드 요원이 막 문밖을 나설 때였어.

"윌리엄, 왜 그래?"

레너드 요원이 묻자 윌리엄은 더 크게 울었어.

"왜 그러냐니! 할아버지 입이 찢어졌다잖아. 룰라송 메시지 못 봤어?"

레너드 요원은 황당하다는 듯 고개를 절레절레 저었어.

"진정해, 윌리엄."

"진정하게 생겼어? 얼마나 아프시겠어?"

할아버지가 활짝 웃는 모습을 상상해 봐. 입 모양이 어떻게 되지?

할아버지가 아프시다는데 웃음이 나?

아무래도 윌리엄은 기뻐서 입이 크게 벌어질 정도로 웃는다는 뜻의 관용어를 이해하지 못한 것 같았어. 윌리엄은 낭만 책방에 들어서자마자 울면서 할아버지에게 달려갔어.

"할아버지! 입이, 입이 찢어졌…?"

할아버지 입은 멀쩡했어. 게다가 책방 한가운데에는 커다란 케이크가 놓여 있었지. 윌리엄은 그제야 오늘이 무슨 날인지 알았어.

윌리엄 님, 정말 할아버지 입이 찢어진 걸로 이해하신 건 아니죠?

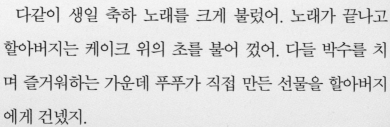

다같이 생일 축하 노래를 크게 불렀어. 노래가 끝나고 할아버지는 케이크 위의 초를 불어 껐어. 다들 박수를 치며 즐거워하는 가운데 푸푸가 직접 만든 선물을 할아버지에게 건넸지.

"제 선물은 올해도 이거예요. 푸푸 쿠폰 세트!"

윌리엄의 엉뚱한 말은 계속되었어. 푸푸가 오랜만에 만
난 레너드 요원의 안부를 물었어.

"레너드 님 요즘 많이 바쁘신가 봐요. 정말 오랜만에 책
방에 오셨네요."

"응. 사건이 꼬리에 꼬리를 물고 일어나는 중이야. 그걸
해결하느라 너무 바빴어."

꼬리에 꼬리를 물었다고?
동물들이 꼬리를 문 채로
나타났단 거야?
어떻게 그런 괴상한 일이?

"윌리엄 님은 정말 엉뚱해요."

할아버지도 푸푸의 말을 거들었어.

"그럼! 엉뚱하기로는 1등이지."

쏟아지는 웃음에 윌리엄은 기가 죽고 말았지.

"엉뚱함이 윌리엄 님의 매력이에요! 이제 음식을 먹어요. 제가 케이크를 자를게요!"

푸푸는 분위기를 바꾸려 애썼어. 어느새 식탁에는 케이크와 피자, 치킨까지 맛있는 음식이 차려졌어. 배가 고팠는지 모두 음식을 게 눈 감추듯 먹어 치웠지. 윌리엄만 빼고.

끼익

윌리엄은 어두운 표정으로 책방을 빠져나갔어.

제가 따라가 볼게요. 평소 윌리엄 님과 달라서 걱정이 되네요.

보름달이 노랗게 빛나는 밤, 윌리엄은 나무에 기대 앉아 달을 바라보았어. 선선한 바람이 불어와 윌리엄의 머리칼을 흐트러트렸지. 순간 윌리엄의 눈에 눈물이 핑 돌았어.

"내가 얼마나 멍청해 보였을까?"

윌리엄의 모습을 숨어서 지켜보던 룰라송 요원은 가슴이 뜨끔했어. 눈물을 글썽이는 윌리엄에게 차마 다가갈 수 없었지.

"윌리엄 님을 너무 놀렸나 봐."

우리가 무심코 던진 말에 윌리엄 님은 가슴에 멍이 들었던 거야.

한참 달을 보고 있던 윌리엄이 고개를
갸웃했어. 그리고 입맛을 다시며 중얼거렸어.
"둥근 달을 보니 호떡 생각이 나네."

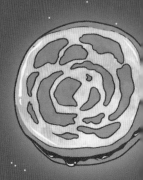

지금 호떡
생각할 때가 아니잖아.
계속 이렇게 살 순 없어.

그래!
오늘부터 열심히 공부해서
우리말 천재가 될 거야!

지나가는 개도
안 믿는다! 멍!

오호! 윌리엄 님이
뭔가 결심을 하셨나 봐!

윌리엄은 자리에서 벌떡 일어났어.

"윌… 윌리엄 님!"

룰라송 요원이 뒤에서 애타게 윌리엄을 불렀지만, 윌리엄은 듣지 못하고 집으로 들어가 버렸지. 그리고…

하지만 윌리엄은 쏟아지는 잠을 참을 수 없었어.

룰라송 요원은 다시 낭만 책방으로 갔어. 그
리고 레너드 요원과 할아버지, 푸푸에게 자신이
본 윌리엄의 모습을 그대로 전했지.

윌리엄 님도
우리말을 잘하고 싶은데,
뜻대로 안 돼 속상하신 것
같아요.

푸푸가 의견을 냈어.
"윌리엄 님한테 선물을 주는 건 어떨까요? 공부에 대한
보상으로요."

좋아!
윌리엄에게 관용어를
공부하면 가장 좋아하는 걸
선물로 주겠다고 하자!

윌리엄 님이 가장
좋아하는 게 뭐죠?

"그건 내가 잘 알지! 내 수첩엔 없는 게 없거든!"

레너드 요원은 자신만만하게 주머니에서 수첩을 꺼내

들었어.

윌리엄은 누구?

· 좋아하는 것: 골동품

· 싫어하는 것: 공부

· 특기: 세계 곳곳의 골동품
　　　찾아내기

· 취미: 골동품 닦아서 광내기

☆ 특히 좋아하는 것 ☆

앤티크
촛대

윌리엄의 공부 의지를 활활 불태울 선물은 바로 골동품,
그중에서도 윌리엄이 특히 좋아하는 앤티크 촛대였어.

다음날 레너드 요원은 윌리엄을 찾아갔어.

"윌리엄, 너에게 특별한 기회를 주겠어. 이건 내가 정리한 관용어 사전이야. 여기 나온 관용어를 일주일 안에 다 외우도록 노력해 봐."

윌리엄은 레너드 요원이 내민 책을 밀어내며 말했어.

"필요 없어! 어차피 못 외울 텐데."

"특별 상품이 있는데도?"

"뻔하지. 이상한 베개나 민트 초코 도넛이겠지."

이건데?

"헉! 이 촛대 뭐야?"

"책방 할아버지가 간직하고 계시던 거야. 집안 대대로 내려온 보물인데, 널 위해 흔쾌히 상품으로 내놓으셨어."

"정말? 역사가 엄청난 골동품이겠네? 실물로 보여 줘! 제발!"

그날부터 윌리엄의 관용어 공부가 시작됐어. 윌리엄은
기상천외한 방법으로 잠과 싸워 가며 관용어를 외웠어.

윌리엄이 너무 열심히 공부를 한 나머지 책이 찢어지고 말았어. 찢어진 곳에 들어갈 알맞은 관용어 페이지를 찾아 연결해 봐!

너무 바빠서

시험 점수 생각만 하면

말할 듯 말 듯

●

●

●

●

●

●

뜸을 들였다.

가슴이 무겁다.

눈코 뜰 사이 없다.

관용어백과

약속한 일주일이 지났어. 윌리엄은 레너드 요원의 집으로 걸음을 재촉했어. 빨리 문제를 풀고 싶었거든.

레너드, 어서 문제를 내라고!

눈 깜짝할 사이에 보란 듯이 쉬리릭 다 맞혀 주지!

벌컥

헉! 저 화려한 말솜씨!

그럼 시작해 볼까

윌리엄은 레너드 요원이 낸 문제를 차례대로 다 맞혔어.

레너드 요원은 감탄했어.

"100점! 와! 윌리엄, 대단한걸!"

"어서 줘! 내 앤티크 촛대! 어서! 어서!"

크와아! 세상에!
최고급 앤티크 촛대!
이젠 내 거야!

보시라!
책방 할아버지 가문의
보물!

촛대가 두 동강 나는 것을 본 윌리엄은 맥이 풀린 듯 스
르르 주저앉았어.
"어떻게 이런 일이… 이런…"
그리고 다시 일주일이 흘렀지.

글쎄….

새로운 촛대를
구해 드려야
할까요?

윌리엄 님
괜찮으신 거겠죠?

이제 우리말 공부는
절대 안 하겠대.

관용어?
그게 뭐지?

관용어는 사람들이 습관적으로 쓰는 말이야. 보통 둘 이상의 단어가 합쳐져서 원래의 뜻과는 다르게 새로운 의미로 쓰이지. 관용어를 많이 알면 짧은 말로도 자기 생각을 잘 표현할 수 있어.

눈이 빠지게 기다리다

: 오랫동안 매우 애타게 기다렸다는 뜻이야.

예 레너드는 새로 산 베개가 배송되기를 눈이 빠지게 기다렸다.

꼬리에 꼬리를 물다

: 어떤 일이 계속 이어진다는 뜻이야.

예 푸푸의 질문은 꼬리에 꼬리를 물고 이어졌어.

게 눈 감추듯

: 비슷한 속담으로 '마파람에 게 눈 감추듯'이 있어. 마파람은 남쪽에서 불어오는 바람인데 비를 몰고 오는 경우가 많아. 그래서 마파람이 불 때 게는 겁을 먹고 급하게 눈을 감아 버리거든. 음식을 허겁지겁 먹어 치우는 모양을 여기에 비유한 말이지.

예 윌리엄은 차려진 음식을 게 눈 감추듯 먹어 버렸다.

가슴이 뜨끔하다

: 깜짝 놀라거나 양심에 어긋나는 행동을 했을 때 느끼는 죄책감을 비유적으로 이르는 말이야.

예 어제 학원을 빠졌냐는 엄마의 말에 가슴이 뜨끔했다.

걸음을 재촉하다

: 서둘러 걸어가는 모양을 말해. 비슷한 뜻의 관용구로 '길을 재촉하다', '발걸음을 재촉하다'가 있어.

(예) 수업 시간에 늦지 않으려고 걸음을 재촉했어.

눈 깜짝할 사이

: 매우 짧은 순간을 말해. 일이나 동작이 아주 순식간에 일어났을 때 쓰는 말이지.

(예) 레너드는 집에서 낭만 책방까지 눈 깜짝할 사이에 달려왔다.

가슴이 무겁다

: 슬픔이나 걱정으로 마음이 가라앉았다는 뜻이야.

(예) 한겨울 길고양이들을 생각하면 가슴이 무거워.

입을 모으다

: 여러 사람이 같은 의견을 말할 때 써.

(예) 사람들은 마을에 나무를 심어야 한다고 입을 모아 말했어.

닭똥 같은 눈물

: 방울이 무척 굵은 눈물을 '닭똥'에 비유한 관용어야.

(예) 친구는 영화를 보면서 닭똥 같은 눈물을 흘렸다.

맥이 풀리다

: 잔뜩 긴장을 하고 있다가 그 기운이 탁 풀어졌을 때 써.

(예) 시험을 다 보고 나오자 맥이 풀려 버렸어.

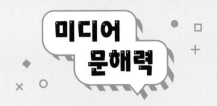

미디어 문해력

푸푸가 블로그에 일기를 썼어.

?

작성자 푸푸 조회수 4 댓글 4

오늘 할아버지와 등산을 했다.

돌이 많고 가파른 산길을 오르는 일은 무척 힘들었다.

하지만 막상 정상에 오르니 기분이 좋았다.

정상에서 할아버지가 싸 오신 김밥도 먹었다.

앞으로 종종 산에 오르기로 할아버지와 약속했다.

Q 푸푸의 일기에 제목을 붙인다면 무엇이 좋을까?

① 산에 돌이 많은 이유

② 등산은 정말 싫어!

③ 할아버지의 김밥 레시피

④ 할아버지와 등산한 날

3장

• 속담 •

속담 빵을
구워라!

해 질 무렵, 사건을 해결하고 집으로 향하던 레너드 요
원의 발길을 사로잡는 냄새가 있었어.

"킁킁! 이 맛있는 냄새는?"

어디선가 빵 굽는 냄새가 솔솔 나지 뭐야. 냄새를 따라
간 곳에는 초록색 지붕이 뾰족하게 솟은 빵집이 있었어.

"빵을 굽나 보네. 맛있겠다. 꼴깍!"

다음 날에도, 그다음 날에도 초록 지붕 빵집에선 빵 굽는 냄새가 났어. 냄새는 점점 더 고소하고 달콤해졌지.

"흠…. 오늘은 달콤한 슈크림 빵 냄새가 나. 서당 개 삼 년이면 풍월을 한다고, 매일 이 빵집 앞을 지나다니다가 나도 빵 전문가가 되겠어. 대체 빵집 주인은 누굴까?"

레너드 요원은 빵 냄새를 맡느라 윌리엄이 지나가는 것도 몰랐어.

헉! 꼬물꼬물 지렁이 젤리 새로운 맛이 나와서 샀는데, 하필 젤리 귀신 레너드를 마주치다니. 모르는 척해야겠다.

송송

갑자기 빵집 대문이 열리고, 빵이 가득 담긴 바구니를 안은 누군가가 모습을 드러냈어. 빵 바구니를 보는 레너드 요원의 눈이 반짝반짝 빛났어.

'빵 배달을 가는 건가? 아아… 맛있겠다!'

그런데 이게 무슨 일이람. 빵 바구니를 든 사람이 레너드 요원을 보자마자 반갑게 말을 거는 거야.

"저는 브레드라고 해요. 이 마을에서 가장 특별한 빵을 굽는 파티시에가 되는 게 꿈이죠."

레너드 요원은 브레드가 건넨 빵을 정신없이 먹으며 이야기를 계속 들었어.

"그러려면 엄청나게 크고 비싼 오븐이 필요한데, 이번에 마을 속담 대회에 요리 분야가 새로 생겼다는 거예요. 1등 상품이 고급 오븐이래요."

다음 날, 브레드는 레너드 요원의 집까지 찾아왔어. 손에는 고소한 냄새가 솔솔 나는 빵이 가득 들려 있었지. 하지만 레너드 요원은 난감한 표정을 지을 뿐 속담을 가르쳐 주겠다고 선뜻 나서지 못했어.

"저기, 브레드…."

드디어 레너드 요원이 입을 열었어. 그때였어!

브레드, 걱정 마. 레너드가 잘 가르쳐 줄 거야.

이렇게 맛있는 빵을 먹고서 모르는 체 하진 않겠지.

"그 정도로 신중한 분이란 뜻이에요!"

룰라송 요원과 윌리엄의 대화를 듣고 있던 레너드 요원이 다시 입을 열었어.

"브레드, 빵 굽는 건 누구에게 배웠지?"

"낭만 책방 할아버지한테 배웠어요."

"맞아! 낭만 책방 할아버지가 빵을 잘 구우셨어!"

레너드 요원은 모두를 데리고 낭만 책방으로 갔어. 마침 할아버지는 커다란 케이크를 구운 참이었어.

"잘 왔어. 집에서 케이크를 좀 구웠거든. 이름하여 알록달록 과일 무지개 케이크! 어서들 먹어 봐."

"잠깐만요!"

브레드가 성큼성큼 케이크 앞으로 다가갔어. 그리고 익숙한 솜씨로 무너진 케이크를 장식해 나갔지. 속담으로 마무리하는 것도 잊지 않았어.

브레드와 케이크를 번갈아 보던 레너드 요원이 말했어.

"앞으로 이렇게 하자. 내가 속담을 가르쳐 주면, 넌 그 속담으로 빵을 굽는 거야. 그럼 넌 속담을 배워서 좋고, 난 빵을 먹어서 좋고! 어때?"

제자로 인정!

감사합니다, 스승님!

브레드는 약속대로 매일 빵을 구워 왔어.

"오늘은 초록은 동색 빵이에요. 레너드 님처럼 되고 싶다는 생각을 했거든요."

시금치랑 상추로
빵의 색을 냈어요.

대회가 일주일 앞으로 다가왔어. 브레드는 어김없이 속담 빵을 구웠고, 레너드 요원은 브레드의 빵을 보자마자 빵 이름을 맞췄지.

"오호! 이 빵은 개천에서 용 난다 빵이군. 브레드, 너는 분명 용처럼 훌륭한 파티시에가 될 거야. 오늘이 마지막 수업이야. 더는 배우지 않아도 돼."

결국 레너드 요원은 아주 어려운 속담 문제를 내서 브레드의 속담 실력을 평가하기로 했어.

여기 동물들과
각 동물이 사는 곳을 그린 그림 카드가 있어.
동물들이 사는 곳을 유추해서 표지판 속
속담의 빈칸을 채워 보자.

[　　]소 보듯,
소 [　　] 보듯

낮말은
[　　]가 듣고
밤말은
쥐가 듣는다

독 안에 든
[　　]

쥐

닭

새

브레드는 쉽게 정답을 맞혔어. 레너드 요원은 만족스러운 미소를 지으며 다음 문제를 냈지.

"이번에는 세상에서 가장 어려운 속담 문제야."

"정답은 씻나락이에요! 씻나락은 볍씨를 말해요. 옛날 사람들은 볍씨에서 싹이 트지 않으면 귀신이 볍씨를 까먹었기 때문이라고 생각했대요. 참 재미있는 생각이죠?"

그래서 누군가 엉뚱한 소릴 할 때 이 속담을 써요.

브레드의 완벽한 답변에 레너드 요원은 박수를 쳤어.

"봐! 이 정도면 그만 배워도 된다니까."

하지만 브레드는 여전히 불안했어.

"레너드 님, 속포눈곁은 뭔가요? 책방 할아버지께서 속

담 공부의 비결은 속포눈곁이라고 하셨거든요."

책을 뒤적이던 레너드 요원은 낙심했어.

"내가 모르는 우리말이 아직도 많구나. 내가 너무 오만했어. 브레드, 아무래도 난 너를 가르칠 자격이 없는 것 같아. 나는 우리말 실력을 더 키울 테니, 너도 책방 할아버지께 가서 빵 굽는 법을 더 배우는 게 좋겠어."

엥? 척하면 척하고 알아들어야지.

레너드 님은 제 스승님이에요! 저를 버리지 마세요. 스승님!

후웅

속포눈곁! 속담의 포인트는 눈치와 곁눈질!

레너드 요원과 브레드는 속포눈곁의 뜻을 알고 황당한 표정으로 윌리엄을 보았어. 레너드 요원은 다시 마음을 다 잡고 브레드를 격려했지.

"브레드, 남은 시간 동안 더 열심히 속담 빵을 만들어 보자. 윌리엄, 이참에 너도 속담 공부를 해 보는 건 어때? 세상엔 눈치로 알아낼 수 없는 속담이 더 많다고!"

드디어 대회 날이 되었어. 레너드 요원은 의뢰받은 사건
을 해결하느라 대회장에 바로 가지 못했어.

레너드 요원은 사건을 해결하자마자 대회장으로 발걸음
을 재촉했어.

대회장은 이미 사람들로 가득했어. 윌리엄도 자리를 잡고 앉아 대회를 구경하고 있었지. 그런데 브레드가 이상했어. 속담으로 케이크를 꾸미기만 하면 되는데 고개를 갸웃하며 망설이고 있었거든.

'아, 무슨 속담으로 케이크를 만들지?'

레너드 요원은 브레드가 속담을 고민하고 있
다는 사실을 단박에 눈치채고 달걀로 힌트를
주었어. 대회 결과는 어떻게 됐냐고?

올해 속담 빵 대회
우승은 브레드의
달걀로 바위 치기 빵!

맛있는빵도 먹고 속담도 배우고